8° Y e
1667

AF296732

Ye
1667

CARMEN SYLVA

Jéhovah

POÈME

TRADUIT PAR HÉLÈNE VACARESCO

PRIX : 2 FRANCS

PARIS

ALPHONSE LEMERRE, ÉDITEUR

27-31 PASSAGE CHOISEUL 27-31

M DCCC LXXXVII

Jéhovah

8° Ye
1667

CARMEN SYLVA

Jéhovah

POÈME

PAR HÉLÈNE VACARESCO

PARIS

ALPHONSE LEMERRE, ÉDITEUR

27-31 PASSAGE CHOISEUL 27-31

M DCCC LXXXVII

DÉPOT LÉGAL
Seine
N.º 2601
1887

AU LECTEUR

Ce poème est un chant austère,
Éclos sous le ciel assombri,
Un défi farouche au mystère,
Un doute, une révolte, un cri.

Ce poème est un chant de flamme
Éclos sous le ciel tiède et bleu,
Où l'homme entend gémir son âme
À la recherche de son Dieu.

Si la perle est mal enchâssée
Et si je n'ai pu parvenir
À suivre au vol chaque pensée,
À la serrer, à la tenir,

À lui jeter comme une armure
La forme chère à nos efforts,
Pardonne-le-moi sans murmure,
O lecteur cruel sans remords !

Je ne veux pas te prendre en traître :
Sois indulgent, car tu me dois
Un rêve, une larme peut-être,
Et l'écho d'une grande voix !

Jéhovah

POÈME

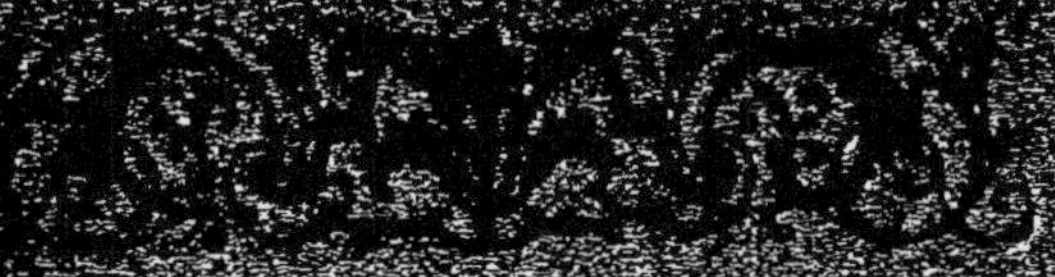

Jéhovah

... loi était des palmes et ses pieds
... leurs vêtements poudreux, mais j'ai cru
... relayer au jugement ; de même ...
... qu'il le traîner à la croix, son front blême
... tristement à ce sang rouge souillé
... me suivit agonie et je l'ench raillé .

« Oui, vous le saluiez en disant : « Il est Dieu ! »
« Il est Dieu ! » disiez-vous en le tuant. Quel lieu,
« Quel homme me pourrait montrer le Dieu sublime,
« Le Dieu vrai qui tira l'univers de l'abîme !
« Oui, montrez-moi le Dieu qui conduit le soleil
« Et dont l'accent terrible à la foudre est pareil,
« Oui, montrez-moi le Dieu puissant, le Dieu superbe,
« Qui courbe l'arbre altier ainsi que le brin d'herbe,
« Ah ! je veux le connaître et je voudrais pouvoir
« Le saisir, le comprendre, et le suivre et le voir.
« Comme l'enfant tressaille à la voix de sa mère,
« Le chevreuil suit la sienne à la trace et j'espère
« Connaître enfin le Dieu qui ploiera mon genou.
« Avant de le trouver, je resterai debout !
« Car je ris d'avoir vu votre Dieu faible et pâle.
« Mon Dieu ne faiblit pas, mon Dieu n'a pas de râle,
« Et je ris d'avoir vu succomber votre Dieu.
« Le mien ne saigne pas du haut de son ciel bleu.
« Dussé-je vivre après la mort de toutes choses,
« Je veux vivre, ô Seigneur ! pour découvrir tes causes,
« Je veux vivre, éternel et lugubre, pourvu
« Que je ne meure point avant de l'avoir vu,
« Le jour où tu viendras jusqu'à moi dans ta gloire,
« Ainsi que l'ouragan à travers la nuit noire;

« Seigneur, il suffira d'un signe de ta main
« Pour que tout l'univers te suive en ton chemin,
« Alor , en bénissant ta puissance et ta grâce
« Je mourrai de t'avoir contemplé face à face. »

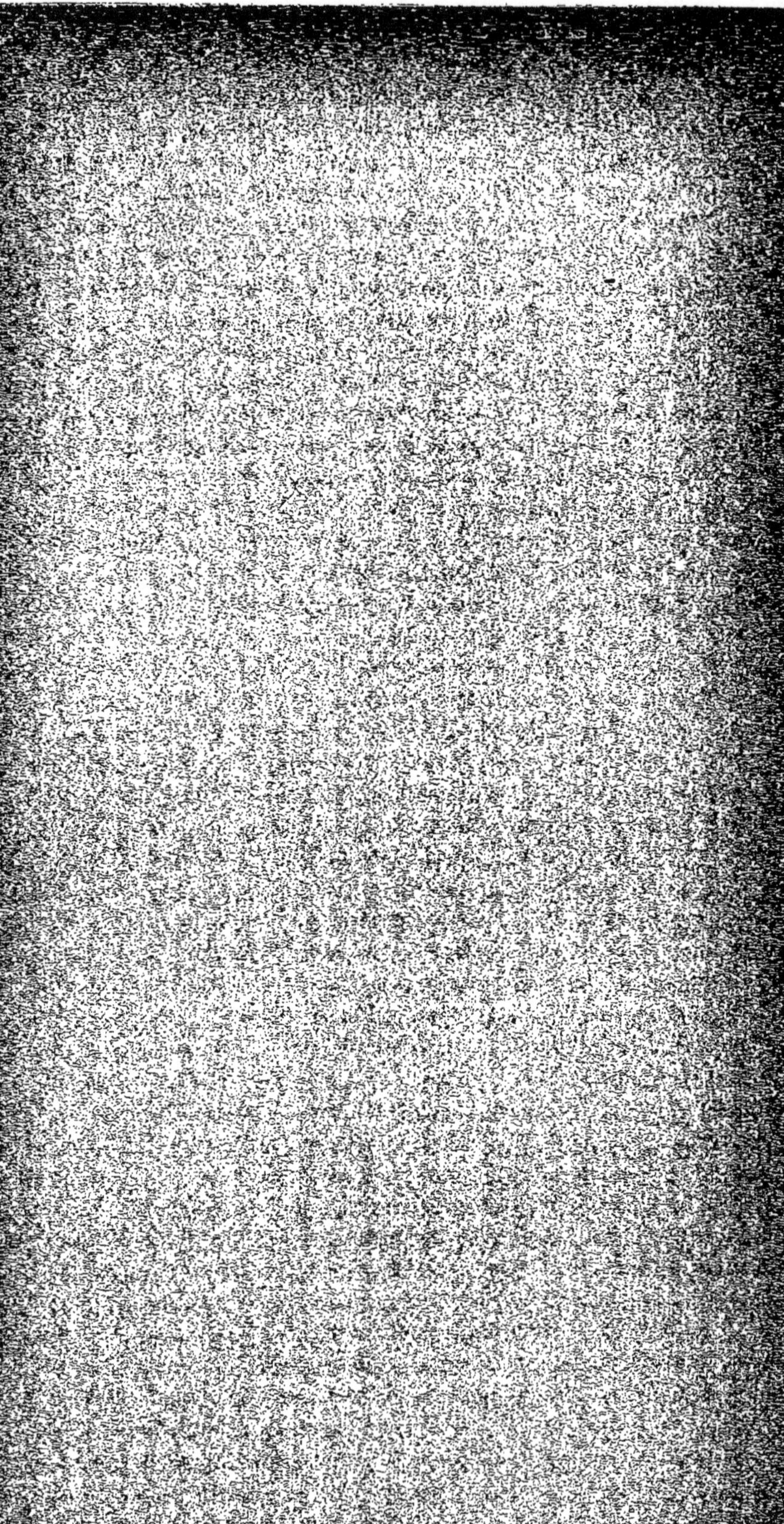

II

Tour était désolé dans l'immense désert ;
Et pas un seul buisson, pas un seul arbre vert
N'y mettait sa splendeur, pas un brin d'herbe fine
Ne secouait au vent sa floraison mutine,
Et les rayons du blanc soleil plongeaient, ainsi
Que des langues de feu dans le sable roussi
Et s'enfonçaient aux flots brûlants de la mer morte,
Comme une flèche au sein du plomb fondu, de sorte
Que tout était ardent et morne sous les cieux :
Un seul oiseau glissait son vol silencieux

Au-dessus de l'eau, noire en sa torpeur profonde,
Il tomba mort, au souffle empoisonneur de l'onde,
Et son corps étendu flotta lugubrement
Sur l'immuable paix de ce linceul dormant!
Et l'homme vers le flot promena ses yeux sombres
En s'écriant : « A toi la mort aux grandes ombres!
« Et la vie et le doute éternels sont à moi.
« Ah! que sont Jéhovah, et l'univers? et toi,
« Ahasvérus, sais-tu le secret de ton être? »
Et le lointain profond vit l'homme disparaître,
Et le désert le prit en son manteau de feu.
En un autre désert, sous le ciel chaud et bleu,
Le soleil rougissait, et le Nil et les pierres,
Et les grands sphinxs rêveurs sous leurs lourdes paupières,
Et la calme splendeur de son dernier rayon
Se reposait sur vous, colonnes de Memnon;
Vous, dont l'ombre bleuâtre au désert met sa grâce,
Vous qui semblez monter vivantes dans l'espace,
Et le souffle de l'air était brûlant. Alors
On entendit frémir en de lointains accords
Un chant plaintif, étrange et divine musique
Pareille au long aveu d'une douleur mystique,
Comme si, confidents de ce tendre regret,
La brise et le soleil seuls savaient son secret,

Et l'homme restait là dans son angoisse austère,
Palpitant de saisir le fugitif mystère ;
Mais la voix qui troublait la nuit claire se tut.
Aliasvérus cria : « Réponds, Memnon, es-tu
« Le Dieu vrai ? tu gémis ! si tu l'étais, d'un geste
« Tu pourrais rappeler le jour et dire : « Reste ! »
« Au soleil qui s'enfuit de l'horizon là-bas.
« Il pourrait revenir, à ta voix, sur ses pas.
« Dis le mot, ô Memnon, et je pourrai te croire. »
Et l'ombre de Memnon emplissait la nuit noire
Et la nuit s'avançait au ciel, sans écouter,
Sans répondre, laissant l'homme sombre douter.

III

Le soleil indien embrasait la colonne
Altière, et les palmiers de leur verte couronne
Et les roseaux dorés l'enlaçaient doucement.
Un homme contemplait le bleu du firmament
Du haut de la colonne, et nul ne sait comment
Cet homme est venu là, ni quelle est sa patrie,
Ni son nom, ni son but. Quand dans l'ombre fleurie
La nuit vint douce et pâle, il étendit les bras
Vers le ciel, en criant : « Non tu n'existes pas
« Jéhovah, rien ici ne te prouve et t'annonce.

« Je te veux, je t'appelle, et toujours sans réponse
« Tu demeures ; j'ai vu des milliers de moissons
« Naître et mourir au feu des arrière-saisons,
« La vieille humanité, perverse à son aurore,
« Et ses enfants, plus fous et plus méchants encore,
« Se jeter à mes pieds recueillis et tremblants,
« Car ils me croient pareil aux saints à cheveux blancs.
« Ils disent que je sais guérir, que je console,
« Ils disent qu'à ma voix la mort froide s'envole,
« Que je sais alléger le poids des péchés lourds.
« Qu'importe mon pardon ? tu pécheras toujours,
« Race vile, éperdue au désert de la vie.
« Certes, s'il existait, le Dieu de mon envie,
« Le Jéhovah muet pourrait, fondant sur eux,
« Écraser de son pied puissant et dédaigneux
« Ces hommes, qui s'en vont dans l'ombre de la route.
« Que dis-je ? Le Seigneur ne les aurait sans doute
« Ni créés, ni conçus ; mais il n'est pas de Dieu ! »
Ahasvérus alors descendit au milieu
Des roseaux chuchoteurs, où la brise voltige,
Et les sveltes bambous s'inclinaient sur leur tige.
Tout à coup, dans la nuit, il vit deux yeux ardents
Se fixer sur ses yeux ; il vit, grinçant des dents,
Un tigre s'accroupir sur l'herbe. L'homme pâle

Sentit passer en lui comme un spasme de râle,
Et le tigre rugit. Ahasvérus muet
Le suivit du regard. Le tigre reculait,
Et, promenant sa queue autour de ses flancs souples,
Au bois, où les oiseaux joyeux dormaient par couples,
S'enfonça : l'homme avait effleuré le trépas.
Craintif il s'en alla vers le Gange, et ses pas
Y plongèrent, le flot pur et plein de tendresse
L'entourant de sa vague et limpide caresse
Le porta sur la rive opposée, et le bois
Le reçut dans son sein, et des milliers de voix
Murmurant à travers les fleurs roses et blanches
Et dans l'enlacement aérien des branches
Disaient au fugitif et chantaient sur ses pas :
« Pourquoi le cherches-tu ? Ton Dieu n'existe pas ! »
Et toujours, à travers la nuit tiède aux voix sourdes,
Dans les taillis épais, remplis de senteurs lourdes,
Ahasvérus allait dans le calme de l'air
Vers l'horizon lointain déchiré par l'éclair,

IV

Le sable du désert que le vent tiède ride,
Brillait et moutonnait comme une mer aride.
Ni plaisir ni douleur n'ont jamais habité
La vaste solitude, et son immensité
Se hérisse de rocs, fantômes nus et sombres.
Un homme qui vivait, spectre parmi ces ombres,
S'avançait, regardant le soleil fixement,
Pareil à l'aigle altier, et sous l'embrasement
Des rayons qui tombaient sous ses yeux, comme un voile :
« Dieu n'est pas au désert, Dieu n'est pas dans l'étoile.

2

« Le silence est assez profond, ô parle-moi,
« Le ciel est assez vaste, ô Seigneur, montre-toi !
« Épargne à mon désir de sublimes désastres.
« Oui, le sable est pareil à des centaines d'astres,
« Les astres sont des grains de sable lumineux,
« Et moi je suis le même, et de la terre aux cieux,
« Une monotonie éternelle et profonde
« A réglé les destins des soleils et du monde,
« Et tout cet univers, je le sais, ne vaut pas
« Mes doutes et mes pleurs. » A l'horizon là-bas,
La face du désert soudain est remuée,
Et l'homme vit, ainsi qu'une blanche nuée,
Un flot de combattants surgir parmi les rocs,
Et leurs manteaux neigeux flottaient, et de grands chocs
D'armures résonnaient. Comme un vol de rafales,
Comme un vol de pensers, les rapides cavales,
Légères soulevaient le sable en tourbillons.
Le chef dit, arrêtant les massifs bataillons :
« Homme, qui que tu sois, ô donne-nous à boire !
« Nous allons sous le ciel pour combattre, et la gloire
« Nous sourit, nous attend et chaque bras est fort !
« — Pour qui donc cherchez-vous la victoire ou la mort ?
« — Pour notre Dieu très grand, pour notre foi très sainte.
« — Vous allez donc trouver votre Dieu dans la plaine

« Des blessés, dans le cri des vainqueurs sans merci ?
« Donnez-moi le cheval fougueux, et comme si
« J'étais de votre race, en agitant le glaive
« Pour votre Dieu, j'irai vers le Dieu de mon rêve ! »

V

Dans l'Espagne fleurie, en des combats cruels,
Sacs de larges cités, renversements d'autels,
Batailles dont le bruit faisait trembler la terre
Alentour, éclairs noirs du sombre cimetière,
Empires dispersés comme le sable au vent,
Ahasvérus passait comme un foudre, écrasant
Sous ses pieds des milliers de morts sans funérailles :
Dans la plaine, où le sang abreuvait les semailles,
Nul sabre plus altier que le sien ne brilla
Et sa voix de clairon criait : « Allah ! Allah ! »

Cependant le soleil semblait devenir sang...
Il mourait... Il était mourant... Dieu... la guerre...

...
On entend un moment la voix entrecoupée
Des blessés, et des mourants, et les combattants las
Qui restaient affaissés sur la terre. Le bon
Quelques yeux voyait briller le doux sourire...
D'un jeune homme pensif, un sauveur qui le vit...
...

<>

VI

A deux genoux devant le radieux trouvère,
Les hommes enivrés l'écoutent, l'on révère
Sa lyre qui, parmi les rythmes éclatants
Et chauds comme un rayon du soleil au printemps,
Dit le ciel indien aux splendeurs embrasées
Et les diamants des matinales rosées.
Et les fils de la Vierge allant de fleurs en fleurs
Sont moins frêles, moins purs que ses chants enjôleurs.
Tantôt doux et plaintif, tantôt fier et farouche,
Ainsi que le clairon qui frémit par sa bouche

On entendait gémir tant de profonds regrets
Qu'il devait posséder sans doute les secrets
Que tout homme ici-bas ose avouer à peine.
Avait-il donc souffert chaque souffrance humaine,
Vidé chaque calice, au bord du chemin noir,
Pour les si bien connaître, et pour si bien savoir
Les replis ignorés et douloureux des âmes ?
Et le chanteur devint un héros, et les femmes
Pâlissaient, sous ces yeux, de tristesse et d'amour.
Les peuples et les rois l'admiraient tour à tour ;
Son renom, son bonheur à tous semblaient sans bornes,
Et cependant ses yeux demeuraient froids et mornes,
Comme si ses chansons le remplissaient d'ennui.
Une femme rêveuse et belle vint à lui
Et demanda : « Pourquoi ce deuil que rien n'efface
« Emplit-il ton regard indifférent, en face
« De tous les dons du ciel qui s'offrent sous tes pas?
« — Je cherche le Dieu vrai, je ne le trouve pas
« Sur mon luth. — Cherche-le dans l'amour ! » lui dit-elle.
Entre ses cils soyeux une fauve étincelle
Brillait, Ahasvérus la suivit sous le feu
Des regards séducteurs. Trouverait-il son Dieu
Parmi tant de beautés dont l'aspect seul caresse ?
A grands traits il vida la coupe de l'ivresse,

Il couronna son front de fleurs et de baisers,
Et son cœur et son âme étaient inapaisés,
Et son regard toujours demeurait froid et sombre,
Car en cherchant l'amour il n'en trouvait que l'ombre
Et rien ne remplissait le vide de son cœur !
Il regardait pleurer, d'un œil froid et moqueur,
Les plus belles, les plus charmantes de ces femmes,
Et foulant à ses pieds les trésors de leurs âmes,
Il en riait. Après de longs mois sans clartés,
La femme ramenait un fils à ses côtés :
« Vois, dit-elle, l'enfant que je t'ai mis au monde,
« Au milieu des douleurs, dans l'angoisse profonde
« De mon âme. Prends-le ! doux ange, il t'appartient.
« Regarde ! Son regard est clair comme le tien,
« Vous avez tous les deux l'air de penser ensemble. »
Ahasvérus cria : « Cet enfant me ressemble !
« Grand ciel, quelle douleur s'est éveillée en moi ?
« Un autre hériterait de tout mon doute ? Quoi !
« Cet enfant traînerait, après moi, sur la terre
« L'éternel anathème ? oh non ! » dit l'homme austère,
Et de sa lourde main saisit le frêle enfant.
Il allait le tuer, mais sa mère, étouffant
Sa colère, emporta l'innocente victime.
« Si Jéhovah était, aurait-il fait le crime

« De me donner un fils ? dit l'homme consterné.

« Faut-il qu'a moi sinistre et sombre, un fils soit né

« Pour que mon mal affreux sur lui s'appesantisse ?

« Il n'est rien ici-bas, pas même la justice,

« Il n'est rien, au delà du ciel sublime et bleu,

« Ni dans l'amour non plus, car il n'est pas de Dieu ! »

VII

Qui donc entasse là des trésors inouïs
Dans le souterrain noir, où gisent enfouis
De vastes monceaux d'or? et plein de convoitise,
Dieu sait comment, pourquoi, cet homme thésaurise,
Pourquoi sa main fébrile, et son œil froid et dur
Fouillent l'or ardemment. Peut-être est-il bien sûr
D'avoir trouvé le Dieu qu'il ignore et qu'il aime.
Dieu vit-il dans cet or? non, Dieu, c'est l'or lui-même!
Ahasvérus enfin courbe son front pensif;
Tandis qu'au fond du mur familier et massif,

Son pied du paradis obscur franchit l'enceinte,
Et que la porte crie, et que le labyrinthe
S'entr'ouvre pour lui seul sombre et mystérieux,
Il soulève les sacs au cliquetis joyeux.
Sous la voûte, où jamais la clarté ne pénètre,
Il sent la joie immense envahir tout son être ;
Voilà son Dieu ! Soudain avec un craquement
La terre est ébranlée et tremble ; en ce moment
On dirait que le monde entier s'écoule et tombe ;
Le noir caveau s'emplit d'un silence de tombe,
La porte s'est fermée avec un grand bruit sourd.
La porte s'est fermée… et l'homme anxieux court
Vers elle, et la serrure à son effort résiste,
Et dans l'immensité du caveau sombre et triste,
Ahasvérus s'agite, implore, et le mur noir
L'enveloppe et l'étreint, du matin jusqu'au soir.
Il voit l'or resplendir et briller, et son ombre
Raser les murs, pareille à quelque spectre sombre
Qui, par les nuits sans lune, erre loin des tombeaux ;
Sous le reflet lugubre et fauve des flambeaux,
Il déchire avec rage un sac, et l'or s'élance
Brillant et bruissant à travers le silence ;
Comme un ruisseau sanglant, et le flambeau soudain
Tremblote et diminue, et vacille et s'éteint.

Et la faim et la soif le déchirent sans trêve,
Il voit l'or inutile ainsi que dans un rêve
S'écouler, il s'écrie : « Oh ! le trépas enfin
« Me veut ! je suis vaincu par la nuit et la faim ! »

VIII

Des bords du Nil au Gange, à travers les espaces,
« Les déserts, ô mon Dieu, j'ai poursuivi tes traces.
« Mais partout où je t'ai cherché, tu n'étais point.
« Dans les combats sanglants en ton nom, sabre au poing,
« Je courais après toi toujours en vain : ma lyre
« Vibrante des sanglots de mon âme en délire
« N'a pas senti ton souffle animer ses chansons.
« Vois ! j'ai recueilli l'or, ses pesantes moissons
« Sont miennes, et j'ai soif, et j'ai faim et je souffre !
« Au moins si je pouvais, me tordant sur le gouffre,

« Crier : Je tiens enfin mon maître, voici Dieu !
« Si je pouvais courber mon front las en ce lieu,
« Il me serait permis de détacher ma chaîne
« Et de mourir. Mais non ! ô douleur surhumaine !
« Je ne puis, Jéhovah, découvrir ton autel,
« Et je dois vivre autant que mon doute éternel.
« J'ai la nuit, la douleur, et la haine en partage
« Et je vais sous le poids de ce sombre héritage
« Vers quelque but hideux. Et toi, néant divin,
« Vers lequel mes deux bras se sont tendus en vain,
« Écoute s'éveiller la voix de mon blasphème !
« Si je le découvrais, je haïrais quand même
« Ce Dieu, je lui dirais : Pourquoi mon âme entière
« Est-elle au doute noir sans joie et sans lumière ?
« Jetant le genre humain à sa face, railleur
« Je crierais : N'as-tu rien pu faire de meilleur ?
« Dis-moi, pour te trouver, où faut-il donc que j'aille ?
« Je te veux, te poursuis, te maudis, et te raille
« Et tu me laisses vivre, et tu n'existes pas ! »

IX

La ville était déserte; un souffle de trépas
Semblait avoir passé sur la cité croulante.
Parmi ses sombres murs, rien ne pleure ou ne chante
Les beaux jours du passé pleins de joie et de ris
Dont il ne reste, hélas! que de tristes débris.
La ville dort cent ans de son sommeil de pierre,
Puis s'éveille, à la voix douce de la prière.
L'on y voit s'élever l'église et le couvent,
Et par les verts chemins, les moines vont, rêvant
A la conversion des âmes égarées,

Et les campagnes sont bien des fois éclairées
Par les bûchers; au fond du sombre souterrain
La nonne vient, devant le supplice inhumain,
Où l'homme en blasphémant se tord et se lamente,
Murmurer des ave de sa lèvre charmante.
C'est ici que jadis se trouvait la maison
Du vieil Ahasvérus, homme de trahison,
Ahasvérus l'impie, et sous les noirs décombres,
Les moines, torche en main et pareils à des ombres,
Voient un homme gisant auprès d'un grand tas d'or,
Chétif, affreux à voir. Miracle! il vit encor,
Il ouvre lentement les yeux. « De l'eau! de grâce! »
Dit-il. On lui tendit une coupe. La trace
D'une longue souffrance avait creusé son front.
Il regarda la croix de son regard profond,
Les cierges vacillants sous la lugubre voûte.
« Au nom du Christ qui donc es-tu? — Je suis le Doute.
« — Ah! tu n'es qu'un païen, un Sarrasin hideux,
« De ceux qui nous ont pris tous nos trésors, de ceux
« Qui vont raillant le Christ et soufflettent sa joue.
« Allons! et qu'on l'emmène au supplice, à la roue!
« — J'en sais un bien plus grand, c'est de ne point mourir. »
Il se tord sur le feu, héros blême, martyr
Du doute, obéissant à son destin farouche.

Et le blasphème impie envenimait sa bouche,
Sa chair se révoltant soudain en de grands cris.
Le bourreau de lui-même, épouvanté, surpris
S'arrêta : « Veux-tu croire au Christ, païen infâme,
« Ou mourir sous mes yeux par le fer et la flamme ?
« — Mourir ! apprends, bourreau, que ni flamme, ni fer,
« Ni la grâce du ciel, ni les feux de l'enfer
« Ne délivrent mon âme enchaînée à la vie.
« Mourir, mourir, j'en meurs de désir et d'envie,
« Je suis Ahasvérus, et je suis éternel ! »
Et les moines tremblaient devant son œil cruel.
« Me connaissez-vous donc ? Le simoun, sur ses ailes,
« Les échos vous ont dit mes douleurs immortelles.
« Oui, pareil à Satan, je ris de votre foi !
« Votre Dieu vous l'avez tué jadis, et moi
« Vous vouliez me tuer en son nom, je le brave,
« Et je vis, et je ris de l'homme son esclave !
« Adieu, je vais chercher quelque doute nouveau. »
Et le vent s'engouffrait lugubre en son manteau,
Sous le regard craintif des hommes côte à côte :
« Non ! Dieu n'existe pas ! » criait-il à voix haute.

⁂

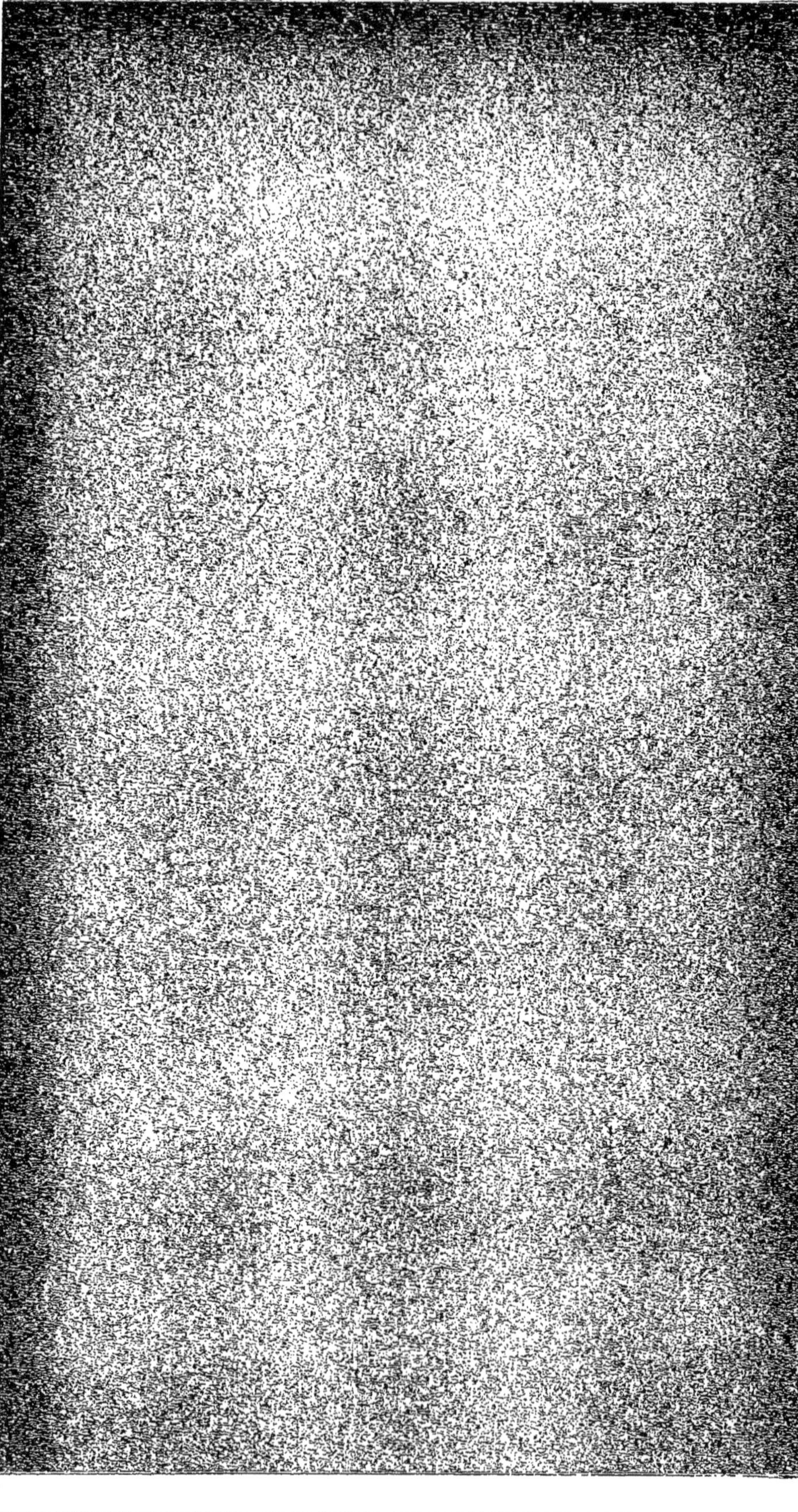

X

Dans la nuit, le navire indolemment bercé
Sur les vagues, depuis bien longtemps a glissé.
Sa proue en frissonnant s'enfonce dans l'eau brune,
Et contre le grand mât, un homme au clair de lune
S'appuie, et ses regards sondent le flot dormeur :
« Toujours le même azur et la même rumeur,
« Et l'ouragan en vain sur elle se déchaîne,
« L'onde redevient calme, et la vague sereine
« Dans son indifférence immuable s'endort ;
« Le corps d'un matelot, tombé par-dessus bord,

« Ne creuse qu'un instant la mer bleue et profonde ! »
Et ces hommes ardents vont vers le Nouveau Monde
Cueillir l'or, et leur rêve est radieux d'espoir ;
Plus d'un sous le ciel chaud meurt, avant de la voir,
Cette terre promise, où leur rêve s'élance,
Et l'éternel oubli les prend dans son silence.
Ahasvérus au but lointain a mis sa oi,
Ahasvérus y touche, Ahasvérus est roi,
Ahasvérus est l'homme auguste que l'on aime :
« Me voilà, se dit-il, aussi grand que Dieu même,
« Son image sur terre, et presque son rival,
« Comme lui, dans mes mains, j'ai le bien et le mal,
« La joie et la douleur, mais je ne sais qu'en faire,
« Car le bonheur de l'un, hélas ! est la misère
« Des autres, nul ne peut être heureux ici-bas !
« Il n'est point de révolte, il n'est pas de combats
« Contre sa destinée, et mon âme l'outrage.
« Rougis en, Jéhovah ! et détruis ton ouvrage ! »

XI

AHASVÉRUS est roi, son peuple avec amour
L'entoure, mais il a des ennemis ; un jour,
La foule vint à lui, sinistre et courroucée :
« Dis-nous quel est ton culte, homme, et quelle pensée
« S'agite dans ton âme, en face de nos dieux.
« Le tien existe-t-il ? ton doute audacieux,
« Ton mystique pouvoir te vient de Satan même. »
Ahasvérus répond : « Voici le diadème,
« Je vous le rends, j'ai fait de mon mieux parmi vous,
« Et vous m'avez toujours connu tranquille et doux ;

« Pour tes fautes, ô peuple, indulgent comme un père,
« Je suis un vieux jouet qui lasse. » Sans colère,
Tandis que l'on criait : « C'est Satan ! le voilà ! »
L'homme prit sa besace, et calme s'en alla.

XII

La rafale en hurlant se promène sauvage
Sur la steppe neigeuse, et le froid paysage
N'a pas une maison, pas un arbre, un chemin.
Ahasvérus lassé, sa besace à la main,
Se traîne lentement sur la neige blafarde.
Un homme de très loin le suit et le regarde
Avec amour, ainsi qu'un chien regarderait
Son maître ; « Mais qui donc, sur mes pas, en secret

« Vient ici ? se disait l'homme pâle, à voix basse.
« La solitude est vaste, et la rafale chasse
« D'immenses tas de neige au désert sombre et nu. »
Ahasvérus tournant la tête reconnut
Près de lui Matotope, un serviteur fidèle,
Qu'il avait cru laisser dans la cité rebelle.
« Que me veux-tu, dit-il, tu vois que je n'ai plus
« De trésors, que mes jours altiers sont révolus,
« Que les hommes me fuient et que ma route est sombre !
« —Ce que je veux, Seigneur, c'est marcher dans votre ombre.
« Vous êtes grand et fort, tout mon cœur est à vous;
« A vos côtés, le sort me paraîtrait si doux
« Que j'ai quitté maison, enfant, femme et patrie
« Pour vous suivre, à travers les bises en furie
« Et sous les soleils d'or qui baiseront vos yeux. »
Ahasvérus pâlit, et son front soucieux
Et blême se livrait aux souffles de l'orage;
Et toujours, autour d'eux, le vent froid faisait rage,
La mort semblait guetter sa proie avidement.
Mais l'homme sur son dos sentait le vêtement
De Matotope. Ainsi tous deux, sous la menace
Du ciel, des Indiens qui poursuivaient leur trace,
Arrivèrent enfin à l'Océan. Ses flots
Balançaient un navire au bruit de leurs sanglots.

Ahasvérus partait ; il dit à Matotope :
« Nous allons par delà cette mer en Europe,
« Bien loin de ton foyer, bien loin de ton bonheur,
« Comment y vivras-tu ? — Vous y serez ! Seigneur. »

XIII

Ils voguaient depuis bien des jours, quand la tempête
Soudain se réveilla, terrible, sur la crête
Des vagues dont l'écume arrivait jusqu'aux mâts ;
Les cordages, avec un bruit de branle-bas,
Sinistres se tordaient ; la mer, en avalanches,
Se ruait en fureur autour des voiles blanches.
On eût dit que, soudain, contre Dieu irrité,
Le vieil Océan noir, voulant sa liberté,
Montait, pour envahir quelque lointain rivage.
Les voyageurs tremblants, les gens de l'équipage

S'agenouillaient devant l'horizon assombri,
Le navire coula; l'on entendit un cri
Se perdre dans les voix puissantes de l'orage.
La mort voulait enfin d'Ahasvérus. O rage!
Matotope était là, fidèle, à ses côtés,
Le soulevant toujours sur les flots tourmentés!
Ils s'assirent tous deux sur une épave frêle,
Et dans le tourbillon des vagues en querelle,
La planche s'enfonçait sous leur poids lentement.
« L'un de nous est de trop, seigneur, en ce moment. »
Dit Matotope, assis près du maître qu'il aime.
Avant qu'Ahasvérus répondît, avant même
Qu'il eût pu s'accrocher à son ami, le seul,
Il avait pris la vague immense pour linceul.
L'homme pleurait, perdu sur la mer sombre et grise.
Enfin, en le voyant, un vaisseau de Venise
Le prit, et de nouveau son doute s'éleva;
« Pourquoi ce monde triste? Et pourquoi Jéhovah? »

XIV

Ville des arts, cité des muses ! Le génie
Enfantant dans son sein la vibrante harmonie
Des sons et des couleurs, ô Florence ! est en toi.
Et la beauté t'habite, et, fidèle à ses lois,
Le peintre se souvient des purs contours antiques
Pour orner tes palais, tes murs et tes portiques.
Un homme, tout le jour, dans les clairs ateliers,
Travaille, et, bien souvent perdu sous les piliers
Des églises, s'en va chargé de pensers lourds.
Il porte le manteau, la toque de velours

Des artistes voués au chevalet. Cet homme
Est maître Ahasvérus, l'artiste qu'on renomme,
Et qui, sans se lasser, du matin jusqu'au soir,
Se courbe sur son œuvre: « Enfin, je vais te voir
« Et le comprendre enfin, mon Dieu, car il existe
« Dans le rêve profond et pieux de l'artiste!
« Et le marbre frémit, la toile sous ses mains
« Se peuple de regards divinement humains.
« A moi tout l'univers plein d'ombre et de lumière!
« A moi tout l'idéal dans sa splendeur première!
« O monde! je suis Dieu, de par l'éternité
« De l'art! » Ahasvérus errait dans la cité
Tout songeur, quand il vit sur le seuil d'une église
Un bambino bercé par la caresse exquise
De sa mère, dorée aux feux blonds du soleil;
Et la femme ravie, et son enfant pareil
Au chérubin joyeux de quelque apothéose
Formaient un groupe clair, dressé sur le ciel rose.
Ahasvérus longtemps les suivit du regard,
Muet, triste, et soudain il s'écria hagard :
« Nature! je suis fou, je ne suis que poussière
« Près de toi. » L'homme alla, saisit son œuvre altière,
La brisa, puis chercha lentement d'autres lieux.
Les Alpes se dressaient neigeuses sur les cieux.

Une vallée étroite, à leurs pieds entr'ouverte,
Au sombre voyageur offrait sa splendeur verte;
Il plongea sa figure ardente au sein des fleurs,
Et le gazon touffu ruisselait de ses pleurs.

XV

La brise en frissonnant glissait son envolée
Grisante de parfums. Une semence ailée
Se posa frémissante en un calice frais,
Les papillons aux fleurs disaient leurs doux secrets,
Et les oiseaux, chantant un chant de fiançailles,
Murmuraient leurs propos charmants par les broussailles,
Et d'un flocon neigeux tissaient leur nid léger,
Dans l'herbe, le rêveur demeurait à songer.
En passant, un moineau hardi frôla sa tête
Et lui prit des cheveux. Un grand frisson de fête

Bruissait dans les bois. Une biche et ses faons
Se firent jour parmi les taillis triomphants,
Et, sveltes, inclinaient vers eux les jeunes branches,
Les fleurs dans les sentiers tombaient en avalanches
Parmi les autres fleurs, aux calices ouverts,
Et la voix de l'amour vibrait dans les bois verts.
Au concert printanier de l'ombreuse vallée,
Une autre voix, joyeuse et fraîche, était mêlée.
Ahasvérus entend frémir dans le lointain
L'éclat charmant et pur de ce rire argentin
Qui s'échappe d'une âme heureuse et neuve encore.
Il voit venir vers lui, comme une blonde aurore,
Un couple qui marchait, se tenant par la main,
Et leurs yeux s'emplissaient d'un bonheur surhumain.
Le vent passait, léger comme un frôlement d'aile.
« C'est le printemps. » Dit-il. « C'est le bonheur. » Dit-elle.
Tendres, ils échangeaient les anneaux de leurs doigts
Et s'en allaient, rêveurs, aux profondeurs des bois.
Ahasvérus tendit ses bras au ciel d'un geste
De joie, et son regard brilla d'un feu céleste.
L'homme, sur le gazon, tombait à deux genoux,
S'écriant : « Aujourd'hui, sous le ciel clair et doux,
« Tout aime : hanneton doré, papillon frêle.
« Tout ce qui rampe, et vole, et vit, joyeux se mêle

« A l'immense désir de vivre et de s'aimer.

« Un rayon de bonheur semble les consumer,

« Les conviant sans cesse à cet amour suprême.

« Les humbles, les chétifs, même les fourmis, même

« Le serpent, qui se traîne au ras du sol, hideux,

« Éprouvent le besoin de marcher deux à deux.

« Mon Dieu, mon Dieu, mon Dieu, vois, sur toute la terre,

« Je t'ai cherché, hanté d'un désespoir austère!

« Je t'ai cherché partout, dans le rêve infini,

« Au désert, où ma voix tremblante t'a béni,

« Et quand je t'ai crié l'implacable anathème,

« Dans le bien, dans le beau, et dans l'amour lui-même,

« Jusque dans le combat, jusque dans le péché,

« Je t'ai toujours voulu, je t'ai toujours cherché.

« Ainsi que l'enfant cherche à retrouver sa mère,

« Le chevreuil suit la sienne à la trace. O mystère!

« J'ai souffert tous les maux, bu toutes les douleurs!

« J'ai vu tous les chemins arrosés de mes pleurs!

« Je te cherchais muet, aux vastes solitudes;

« Je te cherchais encor parmi les solitudes,

« Dans l'ombre, sur les flots, dans la clarté du jour.

« Mon cœur t'a poursuivi partout de son amour!

« Seigneur, pour te saisir, j'ai fouillé tout mon être.

« Mais aujourd'hui, j'apprends enfin à te connaître;

« Mes yeux se sont ouverts enfin à ta clarté.

« Sois béni, Jéhovah, dans ton éternité !

« Dans le ciel, que ton règne immense soit sans terme.

« Car je t'ai retrouvé, Jéhovah, dans le germe,

« Dans tout ce qui respire, et l'univers, c'est toi !

« Que suis-je, pour avoir ainsi, triste et sans foi,

« Découvert ton énigme éternelle et sublime ?

« Oui, je vais me plonger à mort dans ton abîme,

« Et je vais savourer, tombeau, ton abandon.

« Car Jéhovah est grand et Jéhovah est bon.

« Comme la feuille tombe au sein de la nature,

« Je meurs et te fais place, humanité future.

« Sois loué, Jéhovah ! » A l'ombre des buissons,

Qui, joyeux, sur sa tête inclinaient leurs chansons,

Ahasvérus tomba dans l'épaisse jonchée,

Comme une feuille morte au bois vert arrachée !

Achevé d'imprimer

Le seize mars mil huit cent quatre-vingt-sept

PAR

ALPHONSE LEMERRE

(Bancel, *conducteur.*)

25, RUE DES GRANDS-AUGUSTINS

A PARIS

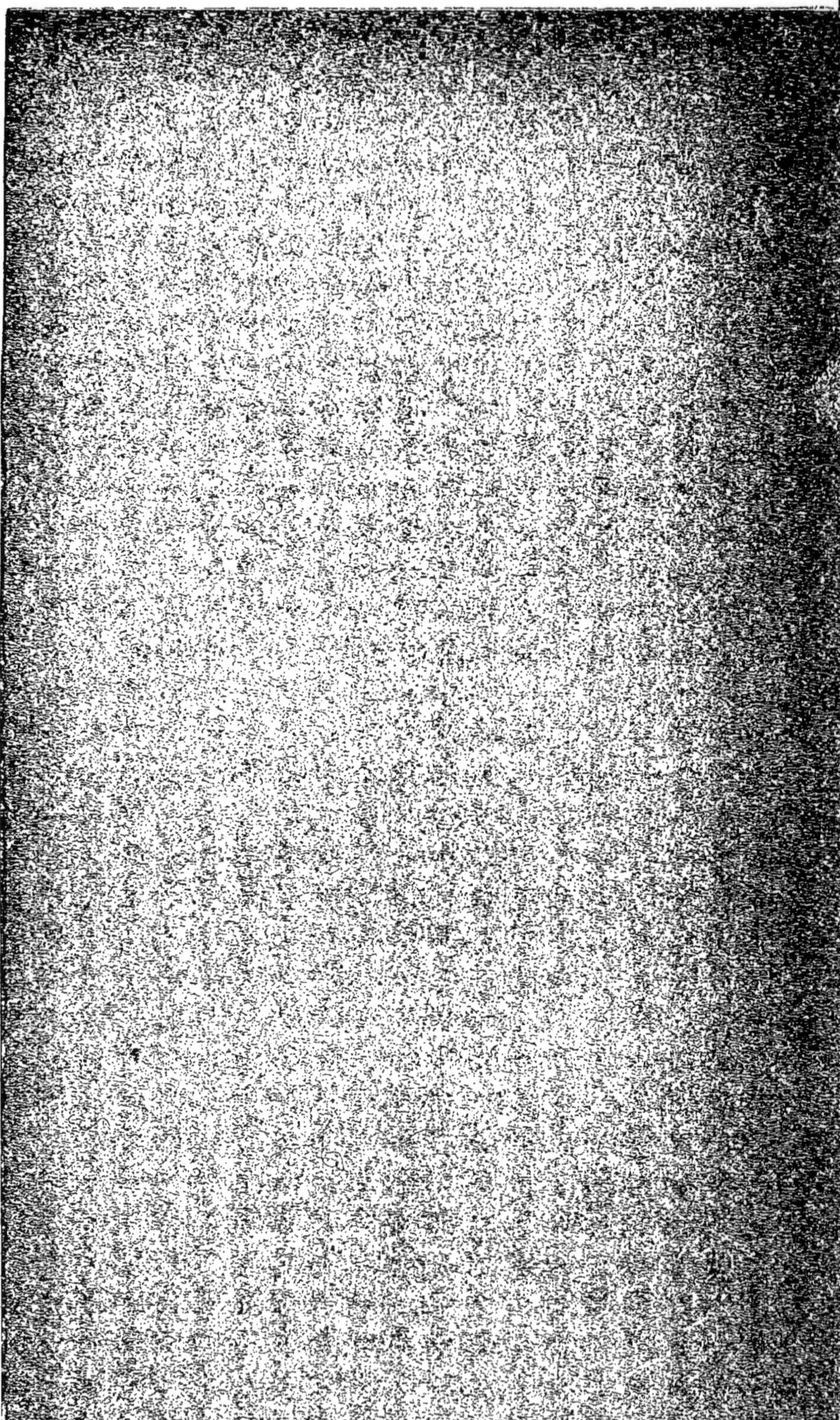

LIBRAIRIE ALPHONSE LEMERRE

POÈTES CONTEMPORAINS

FORMAT PETIT IN-12 COURONNE

XAVIER AUBRYET. *Le Poème des mois républicains.* 1 vol.
THÉODORE DE BANVILLE. *Ode à Théophile Gautier.* 1 vol.
F. BARRÉ. *Poésies pour Alceste.* 1 vol.
H. BAZOUGE. *Les Victimes.* 1 vol.
— — *Les Destinées.* 1 vol.
CHARLES CANIVET. *Croquis et Paysages. Sonnets.*
— — *Le long de la côte.* 1 vol.
ANTOINE CARTERET. *Fables.* 1 vol.
E. CHATONET. *Les Adieux.* 1 vol.
DELTHIL. *Les Rustiques.* 1 vol.
— *Les Martyrs de l'Idéal,* poème. 1 vol.
— *Les Lambrusques,* poésies. 1 vol.
DEMENY. *Le Lied de la Cloche.* 1 vol.
ALBERT GIRAUD. *Pierrot Lunaire.* 1 vol.
ALBERT GLATIGNY. *La Presse nouvelle.* 1 vol.
DE GRAMMONT. *Sextines.* 1 vol.
EDOUARD GRENIER. *Francine.* 1 vol.
ERNEST D'HERVILLY. *Les Baisers.* 1 vol.
— — *Jeph Affagard.* 1 vol.
ALBERT MÉRAT. *L'Idole.* 1 vol. (épuisé)
— — *Souvenirs.* 1 vol.
— — *L'Adieu.* 1 vol.
EMILE PREDL. *Les Murmures.* 1 vol.
ARMAND SILVESTRE. *La Gloire du souvenir.* 1 vol.
SYLVANE. *Sônes et Visions.* 1 vol.
ADOLPHE THALASSO. *Nuits Blanches.* 1 vol.
— — *Jours de Soleil.* 1 vol.
PAUL VERLAINE. *Fêtes galantes.* 1 vol.
— — *La bonne Chanson.* 1 vol.

Paris. — Imp. A. LEMERRE, 25, rue des Grands-Augustins